Madame
Poipoi

Monsieur
Henri

Gino
Marto

Rémi
Lepoivre

Adrien
Dubouchon

Mélanie
Lano

Tom-Tom et Nana

Les premiers de la casse

Scénario : Jacqueline Cohen, Evelyne Reberg et Xavier Seguin.

Dessins Bernadette Després.
Couleurs : Catherine Legrand.

A LA BONNE FOURCHETTE

Marie-Lou
Dubouchon

Yvonne
Dubouchon

Nana
Dubouchon

Tom-Tom
Dubouchon

Onzième édition

© Bayard Presse (J'aime Lire), 1988
© Bayard Editions / J'aime Lire, 1989   ISBN : 2.227.73113.3
Dépôt légal : 2ème trimestre 1989
N° éditeur 6113
Imprimé en France par Aubin imprimeur Ligugé, Poitiers

Le club des quatre

J'ai tout prévu! Mon livre, bien sûr...

Oh! Fais voir!

Pas touche! C'est le livre du professeur!

LE KARATÉ

Méthode Rapide

Ça, c'est le polochon pour faire du "punching"!

Du quoi?

Tu verras...

Et HOP!

Et ça, c'est la trousse à pharmacie!

On a vraiment tout comme dans un vrai club!

145.4

8

Par exemple...

L'empoignade... **Tout à fait interdit!**

OUILLE!

Le corps à corps...
Super-interdit!

AAAÏE!

CHPONG!

Et ce n'est pas tout!!!

KOF! KOF!

L'étranglement... **Archi-interdit!**

AAARGH!

12

Scénario J. Cohen et E. Reberg

La table de multiplication des bêtises

16

143-2

18

20

22

Scénario J. Cohen et E. Reberg

Tout pour un plâtre

Bon ! Qu'est-ce que tu as, toi ?

J'ai été au ski, moi aussi...

... Et regardez ! J'ai eu ma première étoile !

Mmm... Pas mal !

Mais elle est minuscule !

Un plâtre, c'est beaucoup plus amusant !

J'ai une envie folle de le décorer !

Bonne idée ! On s'y met ?

Crunch !

Ah, c'est comme ça ?...

Eh, bien ! Ils vont voir...

144-3

27

Je n'ai plus qu'une solution : me casser quelque chose pour de bon!

PONG!

Puisqu'ils n'aiment que les plâtres, ils vont en avoir!

Je vais me faire le coup de la peau de banane!

Mais, attention!...

...Il ne faudrait pas que je me casse n'importe quoi!

144-5

Scénario J. Cohen et E. Reberg

Une super-magicienne

36

39

41

42

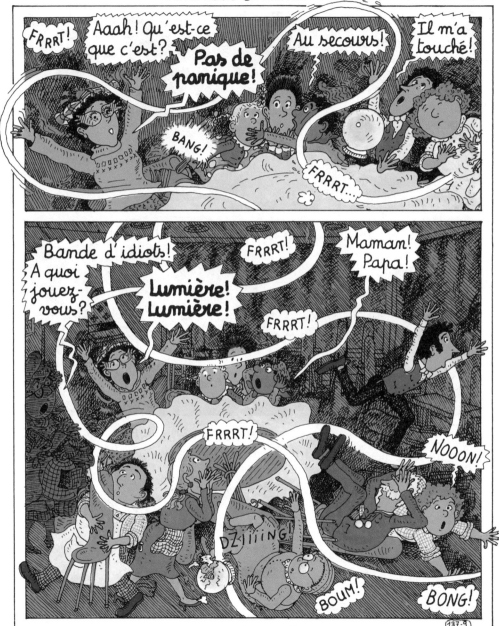

43

Scénario J. Cohen et E. Reberg

L'excursion

C'est le printemps! Pour le voir de plus près, la classe de Tom-Tom s'en va en excursion, avec le maître Monsieur Tabouret.

47

48

49

50

Scénario J. Cohen et E. Reberg

La poursuite infernale

56

58

61

Scénario J. Cohen et E. Reberg

Des vacances olympiques

Une, deux, trois...

... et on respire!
Et on expire!

Maintenant, des abdominaux!

Et un, et deux, et trois...

Aïe! J'ai déjà mal partout!

Avoir mal...
...c'est ça qui fait du bien!

CRAC!
CRAC!

199.3

(133.8)

Scénario J. Cohen

Courage, c'est la rentrée

Mais nos parents s'inquièteraient! ça ferait des histoires! Ah, ne me parle pas d'histoire!

On pourrait mourir de faim...

...finir dévorés par les rats...Tu vois le tableau!

Ne me parle pas de tableau!

Oh, ça va! Si c'est comme ça, tu n'as qu'à...

...me dicter ce que je dois dire! Ne me parle pas de dictée!

PFFFF!!

Une porte! Hum... d'après mes calculs...

Ne me parle pas de calculs!

Clacc!

Scénario X. Seguin

La cantine clandestine

...Y avait encore des pois cachés!... Beuh!

...Et du colin bouilli!

Moi, j'avais de la mayonnaise dans ma crème de marrons!

Oooh!

Berk!

Croctch! Et puis c'est toujours pareil!

Critch! Et puis c'est jamais ce qu'on aime!

Mmm!

Vraiment? Et qu'est-ce que vous aimez?

Ben... euh?

Les pommes de terre!

Les frites!

Les pâtes!

Les nouilles! Et les spaghettis!

Et la purée!

Très bien! Demain, je déjeunerai avec vous! Si c'est mauvais, je le verrai bien!

58-2

(58-3)

Le lendemain, midi …

(58-5)

89

Vraiment je ne vous comprends pas! Se bourrer de sandwichs quand on a une si bonne... burps!... cantine!...

Ça alors?!

Comme tu dis!

... En tou cas maintenant, c'est interdit de manger en classe!

Hips! pardon...

Alors ça?!

T'as raison!

Ce soir là...

Hé, Tom-Tom! Si on peut plus manger en classe, on va mourir de faim!

Vous en faites pas! Je vais arranger ça!

A LA BONNE TO...

CAFÉ-BAR-R...

(58-6)

90

Moi, je veux bien... Mais ça va faire combien de personnes à nourrir, ça?

Oh, pas beaucoup!

Quand il y en a pour dix...

...Y en a pour trente!

J'ai compris! on va tous passer par...

...le souterrain!

Et le lendemain, à la cantine...

M'sieur, j'peux sortir?

Moi aussi, M'sieur Tabouret!

Oui, oui... Allez-y!

Mais qu'est-ce qu'ils ont tous, aujourd'hui?

La bonne soupe!

(58.7)

Scénario X. Seguin

Retrouve tes héros dans le CD-ROM

Des jeux inventifs et un atelier de création
dans l'univers plein d'humour et de tendresse
des héros favoris des enfants de 7 à 12 ans.

CD-ROM MAC/PC

BAYARD PRESSE

Ubi Soft

Bayard Editions / J'aime Lire
Les aventures de Tom-Tom Dubouchon sont publiées
chaque mois dans J'aime Lire
le journal pour aimer lire.
J'aime Lire, 3 rue Bayard - 75 008 - Paris.
Cette collection est une réalisation
de Bayard Editions.
Direction de collection : Anne-Marie de Besombes.